KB201394

산타와 도둑

달아실 동시집 01

산타와 도둑

권애숙 시 • 김준철 그림

달아실

일러두기

1. 본문에서 하단의 〉는 '단락 공백 기호'로 다음 쪽에서 한 연이 새로 시작한다는 표시이다.

2. 보조 용언과 합성 명사의 띄어쓰기 등 본문의 맞춤법은 시인의 의도에 따른 것임.

시인의 말

학교로 가는 길은 멀었어요. 동네를 빠져나와 공동묘지와 여우들이 컹컹거리는 굽은 길을 돌아 고갯마루에 닿았지요. 잠깐 숨을 돌리는 둥 마는 둥 내리막길을 달리기 시작하면 플라타너스와 측백나무들이 운동장을 둘러싼 학교가 보였어요. 처음 가는 길은 언제나 두렵고 조심스럽지요. 떨기도 했지만 곧 낯선 것들에 익숙해졌고 친구가 되었습니다.

나는 자주 아팠어요. 걸핏하면 체했고 엄마에게 업혀 동네 할아버지에게 손가락을 따러 다녔어요. 그날도 그랬던 것 같아요. 바늘에 찔린 손가락에서 붉은 피가 흘렀어요. 울면서 엄마 손을 잡고 집으로 가는 길, 달빛이 쏟아지는데 개구리들은 그렇게 울어댔어요. 온 동네를 들어 올리는 장엄한 울음소리가 우리를 오래 붙들었지요.

어느 날 수업 중이었어요. 창밖을 내다보다가 어느 집 빨랫줄에 하얀 버선 한 짝이 걸려 있는 것을 보았지요. 순간 눈물을 주르륵 흘렸습니다.

짝꿍이 놀라 왜 그러냐고, 무슨 일이 생겼냐고 물었어요. 친구야, 왜 저 버선은 한 짝뿐일까? 버선 주인은 다리가 하나뿐일까? 호기심 많고 울보였던 그 아이는 그때나 지금이나 시를 쓰고 있습니다.

고향엔 여전히 자라지 않는 어린 내가 있고, 그때 그 작은 아이는 자주 어른이 된 나를 찾아옵니다. 산과 들판을 쏘다니며 버들피리를 불고, 겨울 논바닥에서 얼음을 지치거나 눈사람을 만들던 작은 아이는 자신의 별을 떠나온 어린 왕자처럼 내 곁으로 와 시시때때로 얘기보따리를 풀어놓습니다. 그 시절 그 작은 아이가 시인이 되었습니다.

내 글쓰기는 나에 대한 애틋함에서 출발했지요. 너무 일찍 삶을 눈치챘고 아픔이나 그리움 같은 것을 알았어요. 학교 대표로 군내 백일장에 참가해 시제인 〈꽃길〉을 '꽃들이 울고 있는 길'로 썼고 상을 받았습니다. 세상의 놀랍고 신기한 것들보다 후지고 나른한 것들에 정이 먼저 갔어요. 그들의 얘기를 듣고 대신 전해주며 나도 위로를 받았지요.

내게 시를 쓰는 일은 세상을 좀 더 깊이 이해하는 것이고, 나를 좀 더 알아가는 것이기도 합니다. 언제라도 세상 만물에 가 닿으면 그들도 내게와 닿아 절절하게 자신을 쏟아냅니다. 엎드려 귀 기울이면 풀꽃도 돌멩이도 모두 자신의 속내를 털어놓습니다. 그들의 말을 받아 적는 일, 시는 미완을 완성하는 가장 아름다운 사랑법이 아닐까요.

사랑합니다.

2022년 봄

권애숙 드림

차례

2부. 묻지 마

3부. 나, 눈이야

4부. 사과에게 미안한 날

1부

너무 커버렸어

너무 커버렸어

아기 새들 노란 입을 벌리고
나죠 나죠
시끄럽다

엄마 새가 녀석들 작은 입에 먹이를 넣어 준다

밥 먹던 나도 입을 쪽 벌리고
좀 죠 좀 죠
어리광을 부렸다가

니가 먹어
엄마한테 알밤만 콩, 얻어먹었다

하늘 창고

어디다 넣어 놓았을까

저 많은 별들

세도 세도 끝이 없잖아

자꾸 쏟아져 나오잖아

누군가 저 위에서 날마다

녹슨 별들을 닦아 내놓나 봐

반짝반짝 빛나잖아

눈이 부시잖아

잠이 안 오겠지?

운동장에 그리다 만
새 한 마리 그냥 두고
집으로 왔다면

밥을 먹으면서도
잠을 자다가도
걱정이 되겠지?

한쪽 날개만 달고 새는
날아오를 수 없을 테니까

밤새 잠도 못 자고
푸드덕거리고 있을 테니까

닮은 꼴

바닷가에 묶여 있는 작은 배 한 척

궁둥이를 쭉 빼고
무슨 생각을 하나?

먼 바다로 달아날 생각을 하나?
그냥 누군가 오길 기다리나?

묶인 목줄 당기는 강아지처럼

공부 시간 창밖만 내다보는 아이처럼

길목

길에도 목이 있단다
가느다란 목 길게 쭉 뺀
길은 어여쁜 머리를 달고 있지
아빠와 엄마와 아이가 사는 집

목이 긴 길 끝에 서서
아이는 오늘도 아빠를 기다린다

피자를 사 오려나
통닭을 사 오려나

시간이 가면 갈수록
길목도
아이의 목도
점점 길어진다

고양이 선장

비에 젖은 바람이
철썩,
땅바닥을 쳐올리는 날

누가 버린 회전의자 위
고양이 한 마리
꼬리 빳빳하게 당겨 올립니다

바다가 넓다는 건 야옹,
돛을 올리고 누군가 야아옹,
달려가기 때문이지 야오오옹,

빗물 고인 골목은 오늘 바다가 되었어요.

어린 왕자

그 벽화 속에 사는
어린 왕자

언제나 목도리 끝 빳빳하게 세우고
딱, 그 자리에 서 있다

키도 그대로
얼굴도 그대로
구두도 그대로

어이, 어린 왕자, 혼자 뭐 하니?
붓으로 좀 키워 줄까?
이마에 주름 몇 개 그려 넣고,
수염도 좀 그려 줄까?

그럼 왕이 될 텐데
늙은 왕이 되어 편히 쉴 텐데

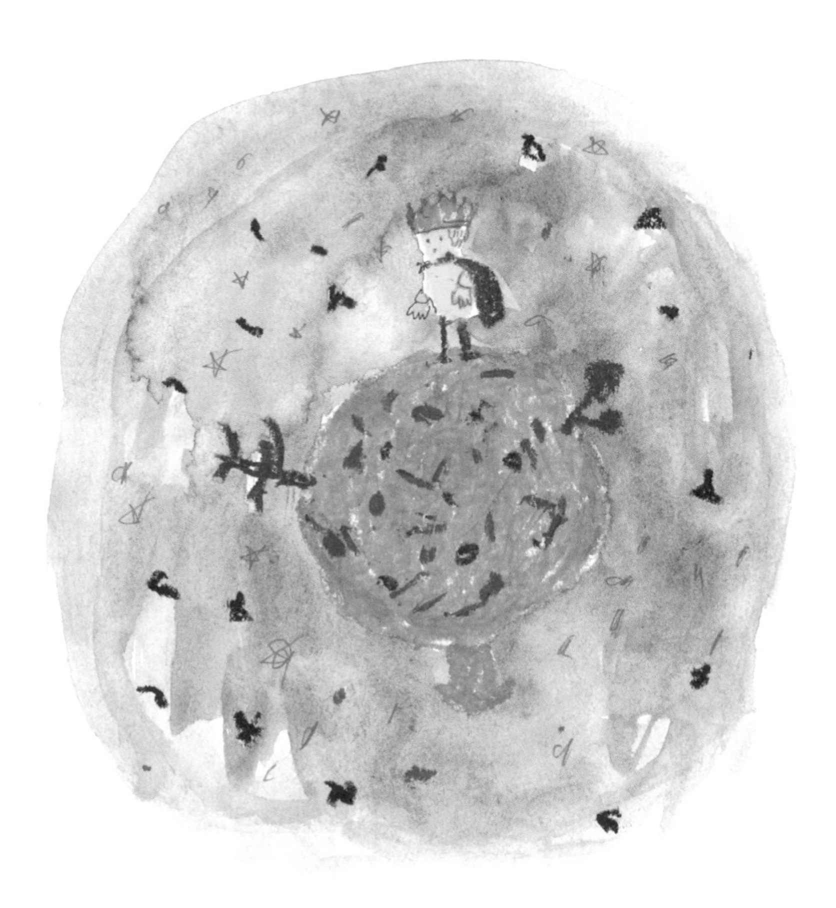

우리 집 주소

조금만 더 와요

모과나무집을 지나

한 번만 더 둘러봐요

개망초꽃 핀 계단을 올라

가로등 옆 골목 안

보이죠? 담장 대신

키다리 팔손이 손을 흔드는 곳

빨간 장미꽃 페달을 밟는 곳

끝 집, 아니 돌아서서 보면 맨 첫 집!

뒷이야기

길 없음!

아, 궁금하다
저 벽 너머 세상

너머로 성큼 내딛는 덩굴손을 봐봐
산 너머에서 쭉 날아오는 새들을 봐봐

'다음'을 만들어 보자
여태까지 본 적 없는 것들
먼 너머에 엉뚱한 이름표를 달아 주자

누가 만들어 준 뒷이야기 말고
가위바위보로 정하는 뒷이야기 말고
끝! 이런 거 붙이지 말고

솔솔 오솔길이 생기는

그런 이야기

궁금한 우리 이야기

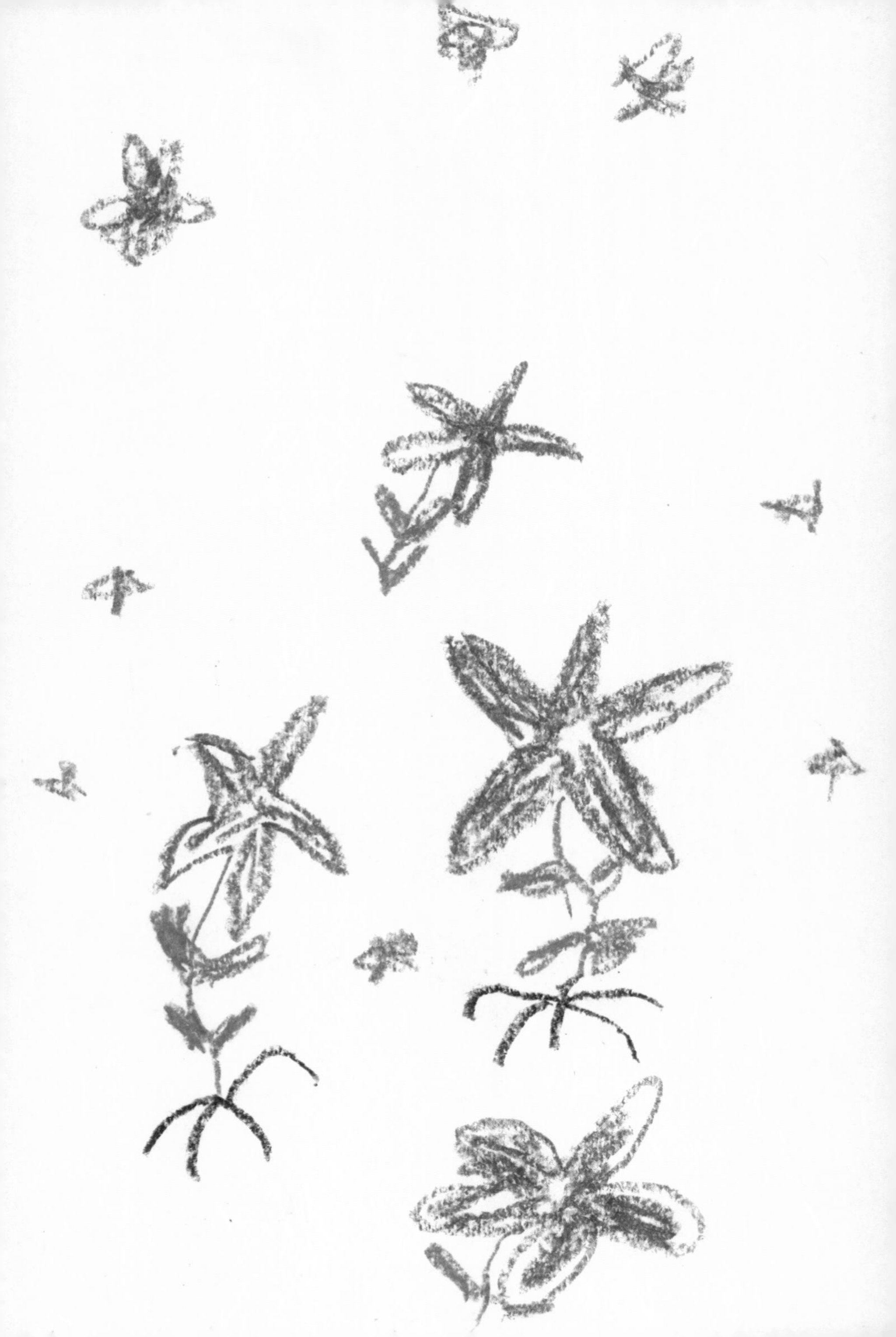

도라지 축지법

보랏빛 도라지꽃
산 밑에서 보았는데
언제 산중턱까지 걸어왔지?

힘들었겠다
커다란 바위 곁에서
까딱까딱
고개를 흔드는 녀석

발바닥 부르텄을 거야

아무도 몰래 이 산 저 산
걸어 다니냐?

마이크 시험 중

아, 아, 아,

복사골 까마귀 이장님
오늘도 마이크 시험 중이시다
이 골짜기에서 저 골짜기로
아침부터 바쁘게 날아다니신다

아, 아, 아,

감나무 끝에서 홍시를 쪼아대던
까치 주민님, 감 잡았다고
까딱까딱 꽁지를 흔들지만

하고 싶은 말
할 수 없어서
하루 종일 아, 아, 아,
마이크만 시험 중!

나무의 입

나무의 말은
잎인 줄 알았어요
꽃인 줄 알았어요
열매인 줄 알았어요
그 나무를 만나기 전에는

땅바닥을 기어가는
속이 텅 텅 빈 나무

온몸이 커다란 입이었어요
아무 말 하지 않는데도
다 알아들을 것 같은 휘파람 소리

노래인 것 같고
웃음인 것 같고
울음인 것 같았어요
〉

벌레들과 새들이 들락날락
나무의 말들을 주워 먹고 있었어요

물그릇

산비탈
수국꽃 꽃잎들마다
찰랑찰랑 채워 놓은 빗물

누구 주려고?

2부

묻지 마

묻지 마

말할 수가 없어
보여 줄 수가 없어
그릴 수도 없어

어떻게 마음을 꽃이라 하겠니?
어떻게 마음을 새라 할 수 있겠니?

도화지 위에서도 차마
너를 향해 필 수 없는데
바람 앞에서도 선뜻
날 수 없는데

네 이름만 들어도 꽁꽁
옴짝달싹 못 하는데

듣고 있나?

구멍난 귀,
넙적한 귀,
찢어진 귀,
또르르 돌돌
귀들이, 낙엽귀들이, 찰싹,
12월 땅바닥에 달라붙어
소곤, 소곤, 소곤,

먼 곳에서 달려오는 1월의 발굽 소리,
들리나?

눈발이 달려오는 소리,
오다가 넘어지는 소리,
엎친 데 덮친 소리,
뽀각뽀가각, 하, 하, 하,
웃다가 살살 녹는 소리,
〉

들리나?

듣고 있나?

새의 말

누가 나더러 운다고 하니?
누가 나더러 시끄럽다고 하니?

나 지금 노래하고 있거든
나 지금 얘기하고 있거든

바람에게
풀꽃에게
나무에게

말 걸고 있거든
시를 쓰고 있거든

봄날에

뭘 자꾸 감추려고
탁 터지지 못하나
저 꽃망울들

뭘 또 소문내려고
이 나무 저 나무 흔들어 대나
저 꽃바람들

뭔 구경이라도 난 것처럼
날개 파르르 앉고 날고 바쁘나
저 벌 나비들

개코원숭이

지들이 뭔데 내 코를 개코라고 해?

어이, 개
너도 기분 나쁘지?

원숭이 코를 개코라고 하니.

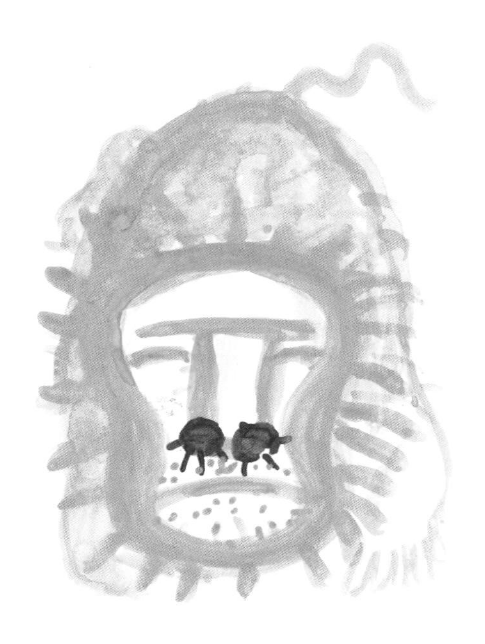

구름풍선

분명 누가 숨어 바람을 불어 넣는 거야

구름이 자꾸 부풀어 오르잖아

어어어
저러다 펑, 터질라

그 애 생각으로 자꾸 부풀어 오르는
나도 어질어질, 터질라

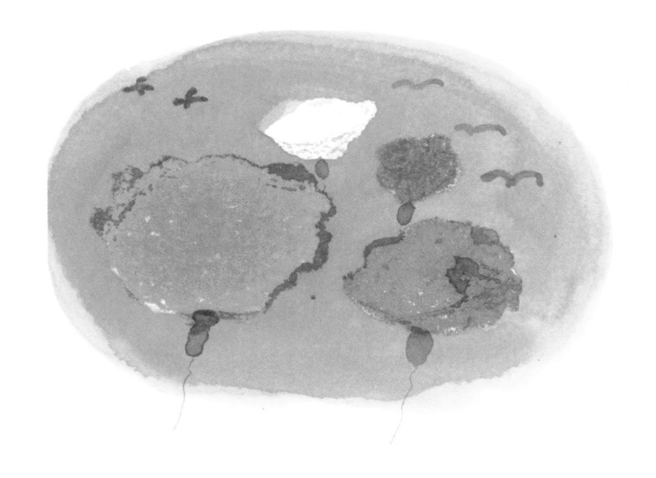

마음이 안 보인다고?

툭툭 돌을 차대며 학원 가는 발

전학 가는 친구에게 흔드는 손

쪼그려 앉아 길가의 제비꽃을 들여다보는 눈

엄마에게 혼나며 삐죽거리는 입

거기에 마음이 있다

싫다, 섭섭하다, 예쁘다, 슬프다,

이런 마음들 삐죽삐죽 다 보인다

담쟁이덩굴

엄마, 덜덜 떨려요.
위로 오르기 겁이 나요.

아가, 내 몸을 딛고
한 발 한 발 올라서렴.

햇빛도
온몸을 구부려서 응원하죠.
아기 덩굴!
힘내라! 힘내라!

'등'이라는 말

산등은
칡덩굴이 타고 오르고

아빠 등은
아이가 타고 오르고

가로등은 저 혼자
따뜻하게 골목을
지키고 섰다

힘이 되어 주는
든든한 말
'등'

꽃차 같은 친구

쪼글쪼글 말라붙은 꽃잎차
뜨거운 물 부으니 쭉 쭉 쭉
구겨졌던 속 다 드러낸다
꽃술도 꽃잎도 색깔도
기지개 켜듯이 샅샅이

친구야,
너는 내가 어떻게 했을 때
동백꽃보다 더 활짝 피어날 것 같니?

나는, 네가 속 얘기 다 해줄 때
벌레 먹은 속내까지 활짝,
펼쳐 보이는데

울음도 웃음도 몽땅 터지는데

꼴찌 다람쥐

낙엽 밑에
땅속에
꼭꼭 숨긴 꿀밤

배고픈 겨울밤
그 밤을 위해

아무도 몰래
요기조기 숨긴 꿀밤
하하 그만 깜빡 잊었구나

쏙, 쏙, 쏙, 봄이 되어
새싹이 된 꿀밤들
너 아니었으면 저 꿀밤나무
태어나기나 했겠나?

깜빡깜빡 다람쥐 꼴찌 다람쥐!

아니아니 다람쥐 일등 다람쥐!

바닥 날개

길바닥에 가만히 앉아 있던 비둘기가
갑자기 날개를 펴더라니까

날마다 바닥이던 길바닥이 움찔,
작은 날개가 돋더라니까

비둘기가 날아오르고
바닥이 날아오르고

타타타타타 갑자기
천변이 빙글빙글 돌았다니까

날지 않는다고 날개가 없는 게 아니더라니까

샘과 마중 사이

누가 이름을 꽃샘이라 지었지?
꽃샘바람, 꽃샘추위,
왜 그렇게 불러 대지?
꽃 피는 거 시샘해서 바람이 분다니,
꽃 피는 거 시샘해서 추위를 몰고 온다니,
억울하겠다.
꽃 피는 거 마중한다고 휙휙
달려왔을 뿐인데
꽃 피는 거 반가워서 펄펄
봄눈 뿌리며 춤추었을 뿐인데
꽃마중바람!
꽃마중추위!
이렇게 불러주면 안 되나?

꽃우산

비 오는 날
꽃무늬 우산을 씁니다
내리는 비를
검은 우산으로 딱
막는 게 미안해서

커다란 꽃송이들 활짝 핀
어여쁜 우산을 펼칩니다

빗방울들이 꽃 속으로
사뿐사뿐 내려앉게

3부

나, 눈이야

나, 눈이야

사람으로 만들어 줘서 고마워
서서 세상을 볼 수 있게 해 줘서 고마워
너랑 눈 맞출 수 있게 해 줘서 고마워
눈물을 흘릴 줄 알게 해 줘서 고마워
다시 물이 되어 강으로 바다로
흘러갈 수 있게 해 줘서 고마워
해마다 나를 기다려 줘서 고마워

정원 초과

종이에 생각나는 것들을 적었다

비 우산 고요하다 장미 바람 초록 그립다 파도 언덕 등대 반짝반짝 천사의나팔 계단 시시하다 너머 울보 모서리 너무하다 앗, 낭떠러지 매미 개미 안녕 뽀뽀 뺑이야 마술

요것들 다 태운 채
접고 접어 만든 종이비행기
어, 어, 비틀비틀

정원 초과였나
너무 무거웠나

멀리 가지 못하고 내려앉는다

엽아, 니 우짤래?

누가 여기에 떼다 붙여 놨나?
학교 가는 길 담벽에
짠한 아침 햇빛 받아 반들거리는 낙서

〈엽이 부랄〉

으흐흥, 엽아!
니 우짜다가 그걸 떼였노?
할머니 말씀 안 듣다가 떼였나?
골목에서 몰래 쉬하다 떼였나?
여자애들 키들키들 보고 있는데
니 이제 오줌은 우째 눌끼고

엽이는 마술사
누군가 해 놓은 낙서만으로도
오가는 아이들 배꼽 빠지게 하니까

미술 시간

칠판 앞에 선생님을 세워 놓고
친구들이 알록달록 꽃을 달았어요
잎을 달았어요
열매를 달았어요
벌린 팔 가지 사이에 새 둥지도 걸었어요
작은 새도 얹었어요
알도 넣었어요

점점 무거워지는지
선생님 흔들흔들

'쓰러지면 어쩌지?'
아이들은 선생님 걱정

'괜찮아.'
선생님은 아이들 걱정

따라쟁이

골목에 떨어진 나뭇잎을 쓸며
“애썼다.”
아빠가 그러십니다.

소쿠리 가득 담긴 과일들을 씻으며
“고마워.”
엄마가 그러십니다.

닳은 운동화를 들고
“힘들었지?”
나도 그래 봅니다.

산타와 도둑

아무도 몰래 남의 집에 들어가는
산타와 도둑은
커다란 보따리 어깨에 둘러메고
닮은 듯 닮지 않은 한밤중 손님이지

산타는 빨강
도둑은 까망
모자와 옷 신발 장갑 색깔이 다르지

또 또 다른 건
산타는 선물을 놓고 가고
도둑은 물건들 갖고 간다는 거지

진짜 진짜 다른 게 또 있다면
산타는 인기가 짱이라서
아이들이 기다리다 기다리다
그만 잠이 든다는 거고

도둑은 모두 싫어해서

그림을 그려도

검정 마스크에 도끼눈 번뜩인다는 거지

이왕 그리려면

신발에 방울을 다는 것도 좋을 거야

어둠 속에서도 금방 들키라고

학원 가는 길

바깥세상이 안 보이는 도시 전철 안
옆도 안 보고
앞도 안 보고
사람들 휴대폰 속에서 참 바쁘네요

노약자석에 앉아 게임하는 언니
임산부석에 앉아 조는 오빠

저 사람들
내용 파악 참 쉬워요

죽죽 겉만 읽어도
주제 소재 다 나와요

파도가 생기는 이유

골목에 혼자 핀 작은 꽃

함께 노올자!

먼 외딴섬 같은 친구야

파도처럼 달려가 너에게 닿을게

세상이 출렁거리도록!

바람이 불어 가네

나비가 날아가네

아이들이 달려가네

가물치의 마음

"저 놈으로 주이소."

손님과 주인이 흥정을 하는 사이
어시장 고무물통 속 가물치
파박, 뛰어오른다.
어른 키보다 높이!

살아 집으로 돌아가고 싶어서
가물가물 친구들 보고 싶어서
순간, 솟구쳐 올랐겠다.

"오호, 고 녀석 힘 좋네."

떠들며 입맛 다시며
사람들은 아무도
가물치의 마음을 몰랐다.

냄새가 난다

담벼락에 미끄러진
고양이 발자국

도라지꽃 등 밟고 넘어갔지?
그렇게 담도 밤도 건너갔지?

봐
봐

담 아래 도라지꽃 등이 굽었잖아

거북손

파도가 센 절벽에서 무엇을 잡겠다고
새까맣게 붙었나

몸통은 어디가고
손들만 소복소복

굵고 딱딱한 손
바다 저쪽에서 들이닥친 파도
견디는 손
거북이란 이름으로 갈라터진 손
절대로 잡은 손 먼저 놓지 않는 손

질긴 손
다정한 손
할머니 냄새가 나는 손

까꿍

까꿍,
까꿍,

아기만 보면
모두
까꿍,
까꿍,

까닭이 무엇인지
꿍꿍이가 무엇인지
까꿍,
까꿍,

말도 못 하는 아기
다 알아들었는지

까르르르르르르르깔깔깔

송이송이 한송이

내 친구 이름은 한송이야

백 송이 천 송이
장미가 아무리 무더기로 펴도
가장 예쁜 한송이야

송이송이 눈송이가 아무리 퍼부어도
가장 눈부신
한송이야

내 친구 송이는
세상에 딱 하나밖에 없는
한 송이 꽃이고 눈이야

해들이 사는 집

해만 바라봐서
해바라기라는데

우리 마당에 핀 해바라기들
해만 바라보지 않아요

엄마를 바라보는 꽃
아빠를 바라보는 꽃
나를 바라보는 꽃

마주 보면 다 해처럼 바라봐요
둥글고 환하게 웃어요
우리 집은 따뜻한 해들의 집

4부

사과에게 미안한 날

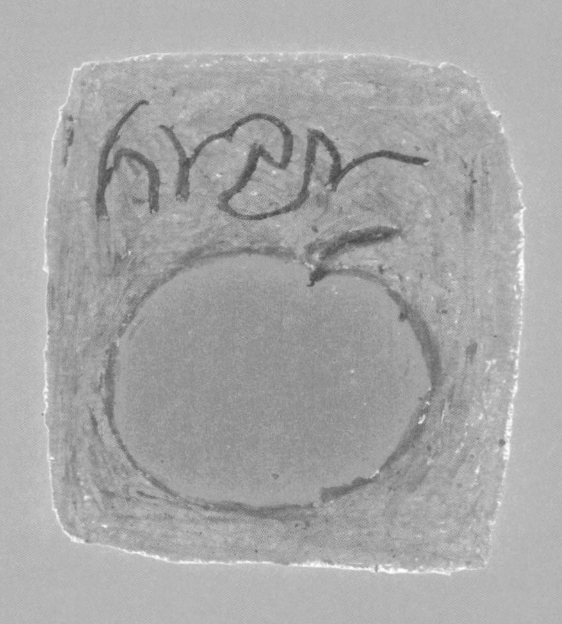

손님

꽃밭에선
풀들이
손님

풀밭에선
꽃들이
손님

꽃밭도 풀밭도
손님이 있어야
상점 문을 안 닫지요

북적북적
시장통처럼 활기가 넘치지요

사과에게 미안한 날

사과밭에서 사과를 따다가
네 잎 클로버를 찾는다면
빨간 사과를 어찌할까?
와, 행운을 만났다, 소리치며
바구니 속으로 사과를 던질까?

행운은 땅바닥에 엎드려 있는 거라고,
무척 귀한 거라고,
사과를 모른 척할까?

네 잎 클로버만 들여다보다가,
만지다가,
사진을 찍다가,
딸까 말까 망설이다가,
그냥 그 자리 그대로 두고,
이 행운 자꾸 번져 더 큰 행운밭 되라 할까?
〉

사과밭에서 사과를 따다가
느닷없이 네 잎 클로버를 만난 날
사과에게 사과를 할까?
행운에게 사과를 할까?

벽날개

누가 그려 놓고 갔을까?

몸만 갖다 대면 날아오를 날개

생각만 하면 어디로든 데려다 줄 날개

바람도 무섭지 않아

접히지도 않아

누구에게나 철썩, 달라붙어

날 것 같은 날개

식구

고양이 식구들이
파란집 대문 앞에 모여
종일 울어댑니다.

어여쁜 새끼 한 마리
그 집 할머니가 데리고 갔답니다.

우리 막내 돌려줘요. 돌려줘요.

먹지도 자지도 않고
야옹옹 냐웅웅웅 엉엉엉엉
고양이 식구들 시위를 합니다.

민들레 난로

춥지?
손 시렵지?
발 시렵지?
불 쬐고 가
뜨끈뜨끈 몸 녹이고 가

동네 놀이터에 민들레가 불러들여요

바람도, 쓰레기도, 아이들도,
꽁꽁 언 손발
민들레 꽃불에
머물고
머물고
머물러요

광고지, 비닐봉지
고양이, 강아지가 달려와

민들레 꽃불에

꽁꽁 언 손발을 녹이고 가요

정기 구독

엄마껜 자주 우편물이 와요.
동시마중, 현대시, 좋은소설
정기 구독 책들이 때가 되면 도착해요.

나도 정기 구독하는 것이 있어요.
철철이 배달되는 우리 골목 꽃들.
제비꽃, 민들레, 개망초, 들국화
들여다보고 또 들여다봐도
구독료도 없어요.

다달이, 철마다, 해가 바뀌어도
돈 한 푼 안 내는데 향기까지 동봉
부록으로 나비까지 따라와요.
누군가 잊지 않고 보내주는,

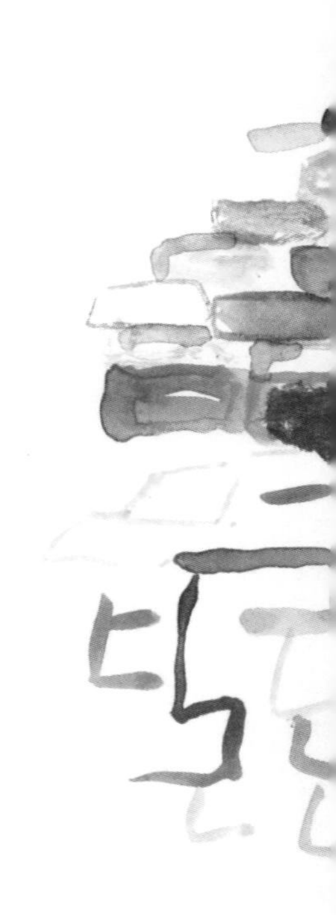

나무와 바람

길가에 작은 꽃나무가 흔들려요
바람이 와서 씨름하자고 꼬이는가 봐요

한참을 이리 흔들 저리 흔들
꽃잎들 땀처럼 날리더니

샅바를 흘렸는지
놓았는지
고요해졌어요

바람은 나무의 어깨를 두드리고
나무는 바람의 등을 두드리고

무승부!

할매순대국밥집

밥 모자라면 더 드셔도 공짜! 국물 모자라면 더 드립니다. 많이 드시고 힘 내이소.

삐걱거리는 문에 써 붙여 놓고
일 년 열두 달 24시간
잠깐도 쉬지 않는
우리 동네 할매순대국밥집

정 부자다
손님 부자다

웃는 동네

골목은 구불구불
담벼락은 무뚝뚝
전깃줄 위 참새들은 까딱까딱
바람맞은 창문은 덜컹덜컹

바람이 한참을 놀다 간
산동네 작은 집

까르르까르르
앵두꽃도 터져요

생긴 대로 웃어서 더 예쁜,
웃는 우리 동네

누가 그랬노?

제비꽃은 봄에만 핀다고
누가 그랬노?

장미보다 먼저 피고
해바라기보다 먼저 진다고
누가 그랬노?

오늘은 11월 5일
우리 골목에 제비꽃이 피었다니까.
한 송이도 아니고 다섯 송이나
피고 오무리고 난리도 아니라니까.

부끄러바 히히,

"안 녕 하 서 오. 가 을 임 니 까?"

일흔 넘어 한글학교에 입학하신

할머니처럼

장미도 가고
해바라기도 가고
제비들도 다 돌아간 골목 한쪽에서
더듬더듬 웃고 있다고.

파꽃

꼿꼿한 몸통에
큰 머리통
눈 코 입 귀 생기지 않고
미끈, 매끈, 둥글,

파하, 터지는
웃음처럼
크게 한 번 터지니

파꽃파꽃파파파
꽃꽃파꽃꽃파파파꽃파파
꽃꽃꽃꽃꽃파파꽃꽃꽃꽃꽃
파파파파파파파파파파꽃꽃꽃꽃
꽃꽃꽃꽃파파꽃파파파파파꽃
파파꽃꽃꽃꽃파꽃꽃꽃꽃
파파파파꽃꽃파

〉

시끌시끌와글와글메롱메롱
머릿속이 전부 꽃숭어리
간지러웠겠다

출장 온 진달래

동네 화단에 진달래꽃 핀 날

지팡이를 짚은 할머니
꽃나무 곁에서 입을 오물거려요

산에 오르지 못하는
할머니를 위해

진달래들 출장 왔나 봐요

접시 그득 담긴 출장 뷔페처럼
가지마다 꽃송이들 그득그득

할머니 한동안 배부르겠어요
꽃처럼 향기롭겠어요

나무새

솟대 위에 앉은 나무새
말라붙은 날갯죽지
안 보이는 눈매
까딱 않는 꽁지

바람 불어도
소나기 쏟아져도
천둥 치고 번개 번쩍거려도
울지 않아요
화내지 않아요

'암만 싸움 걸어 봐라'

누가 건드려도
끄떡도 하지 않고 이겨요

달아실 동시집 01

산타와 도둑

1판 1쇄 발행	2022년 2월 28일
지은이	권애숙
그린이	김준철
발행인	윤미소
발행처	(주)달아실출판사
책임편집	박제영
디자인	전형근
마케팅	배상휘
법률자문	김용진
주소	강원도 춘천시 춘천로 257, 2층
전화	033-241-7661
팩스	033-241-7662
이메일	dalasilmoongo@naver.com
출판등록	2016년 12월 30일 제494호

ISBN 979-11-91668-31-5 03810